Anonyme

Objets d'art et de curiosité

24, 25 Mars, 1876

Antigonos

Anonyme

Objets d'art et de curiosité

24, 25 Mars, 1876

Réimpression inchangée de l'édition originale de 1876.

1ère édition 2024 | ISBN: 978-3-38666-348-9

Antigonos Verlag est une marque de Outlook Verlagsgesellschaft mbH.

Verlag (Éditeur): Outlook Verlag GmbH, Zeilweg 44, 60439 Frankfurt, Deutschland
Vertretungsberechtigt (Représentant autorisé): E. Roepke, Zeilweg 44, 60439 Frankfurt, Deutschland
Druck (Imprimerie): Libri Plureos GmbH, Friedensallee 273, 22763 Hamburg, Deutschland

CATALOGUE

DES

OBJETS D'ART

ET DE CURIOSITÉ

Beau Buste en terre cuite par PAJOU ;

Figure et Bas-relief par CLODION ;

La Nuit et le Jour, belles terres cuites d'après MICHEL-ANGE ;

Très-beau buste en marbre de MIRABEAU ;

Belles Faïences italiennes et françaises ;

Armes orientales et autres ; Porcelaines ; Objets en fer ; Bronzes ; Meubles ;

BELLES TAPISSERIES ; ÉTOFFES ORIENTALES

TABLEAUX MODERNES ET ANCIENS

DESSINS & AQUARELLES

DONT LA VENTE AURA LIEU

HOTEL DROUOT, SALLE N° 5

Les Vendredi 24 et Samedi 25 Mars 1876

A DEUX HEURES.

Par le ministère de M⁰ **CHARLES PILLET**, Commissaire-Priseur,
10, rue de la Grange-Batelière ;

Assisté de **M. CHARLES MANNHEIM**, Expert, 7, rue Saint-Georges,

Et de **M. DURAND-RUEL**, Expert, 16, rue Laffitte,

Chez lesquels se trouve le présent Catalogue.

EXPOSITION PUBLIQUE : Le Jeudi 23 Mars 1876,

DE UNE HEURE A CINQ HEURES.

CONDITIONS DE LA VENTE.

Elle sera faite au comptant.

Les adjudicataires payeront *cinq pour cent* en sus des enchères.

L'exposition mettant le public à même de se rendre compte de l'état des objets, il ne sera admis aucune réclamation une fois l'adjudication prononcée.

ORDRE DES VACATIONS

LE VENDREDI 24 MARS 1876

Les Tableaux et les Dessins. . . . . N° 1 à 96

LE SAMEDI 25 MARS 1876

Les Objets d'art et de curiosité . . . . N°s 97 à 230

Paris. — Imp. Pillet fils aîné, 5, rue des Grands-Augustins.

DÉSIGNATION

TABLEAUX MODERNES

BONNINGTON (attribué à) ·

1 — Paris, le cours de la Seine et le pont des Arts.

Haut., 18 cent.; larg., 25 cent.

BONVIN

2 — Intérieur d'une École de frères.

Composition importante. Salon de 1874.

Haut., 70 cent.; larg., 90 cent.

BONVIN

3 — L'Indiscrète.

Haut., 52 cent., larg.; 34 cent.

BONVIN

4 — Vieille femme lisant.

Haut., 47 cent.; larg., 35 cent.

BONVIN

5 — L'Ecaillère.

Haut., 25 cent.; larg., 34 cent.

BONVIN

6 — Giroflées.

Haut., 45 cent.; larg., 34 cent.

BONVIN

7 — Nature morte.

Haut., 38 cent.; larg., 50 cent.

BONVIN

8 — Violon et cahier de musique.

Haut., 60 cent.; larg., 72 cent.

BONVIN

9 — Nature morte.

Haut., 80 cent.; larg., 65 cent.

BRANDON

10 — Intérieur de Synagogue.

Haut., 34 cent.; larg., 40 cent.

COROT

11 — Environs de Mantes.

Haut., 23 cent.; larg., 38 cent.

COROT

12 — Femme de pêcheur au bord de la mer.

Haut., 23 cent.; larg., 35 cent.

COROT

13 — Paysanne assise tenant une serpe à la main.

Haut., 46 cent.; larg., 38 cent.

COUTURIER

14   Un coin de basse-cour.

Haut., 32 cent.; larg., 23 cent.

DARDEL

15 — Vue de Paris vers 1835.

Le port aux fruits (ancien Mail), la Cité, l'île
Saint-Louis, la place de Grève, etc.

Haut., 81 cent.; larg., 100 cent.

DEVEDEUX

16 — Femmes orientales.

Haut., 44 cent.; larg., 36 cent.

DEVEDEUX

17 — Odalisques.

Haut., 44 cent.; larg., 36 cent.

DEVEDEUX

18 — Femmes turques à l'entrée d'un bois.

Haut., 45 cent.; larg., 38 cent.

DUBOURG

19 — La Fenaison.

Haut., 45 cent.; larg., 76 cent.

DUPRÉ (J.)

20 — Un ruisseau près de Cayeux.

Haut., 60 cent.; larg., 74 cent.

FEYEN-PERRIN

21 — Une Cancalaise.

Haut., 31 cent.; larg., 22 cent.

GÉRICAULT

22 — Course de Barberi.

> Un jeune homme cherche à arrêter un cheval par la crinière.

> Haut., 32 cent.; larg., 40 cent.

GUIGNET (ADRIEN)

23 — Promenade sur le Nil.

> Effet du soir.

> Haut., 22 cent.; larg., 48 cent.

HANOTEAU

24 — Chaumières sur la lisière d'un bois.

> Haut., 22 cent.; larg., 32 cent.

HANOTEAU

25 — Le petit Pont.

> Haut., 42 cent.; larg., 70 cent.

HARPIGNIES

26 — Sortie de l'école du village.

Haut., 46 cent.; larg., 56 cent.

HARPIGNIES

27 — La Pêche réservée.

Haut , 33 cent.; larg., 41 cent.

HORGNIES

28 — Le vieux Garde-chasse.

Haut., 75 cent.; larg., 60 cent.

JACQUE

29 — Troupeau de moutons près d'une mare.

Haut., 24 cent.; larg., 39 cent.

JACQUE

30 — Bergerie.

Haut., 15 cent.; larg., 25 cent.

DE KNYFF

31 — Bornage de Fontainebleau.

Haut., 40 cent.; larg., 73 cent.

MANINI

32 — Tête d'étude.

Haut., 55 cent.; larg., 40 cent.

MICHEL (G.)

33 — L'Église.

Haut., 60 cent.; larg., 74 cent.

MICHEL (G.)

34 — Plaine par un temps de pluie.

Haut., 45 cent.; larg., 60 cent.

MILLET

35 — Une trop longue veillée.

Haut., 45 cent.; larg., 37 cent.

PAPETY

36 — Italienne tenant un tambour de basque.

Haut., 34 cent.; larg., 26 cent.

RIBOT

37 — Le Braconnier.

Haut., 56 cent.; larg., 47 cent.

ROUSSEAU (PH.)

38 — Nature morte.

Des oiseaux et un bouquet de cerises. Forme ovale.

Haut., 31 cent.; larg., 23 cent.

ROUSSEAU (TH.)

39 — Vache à l'étable.

Haut., 34 cent.; larg., 43 cent.

SCHOTEL (J.-C.)

40 — Marine.

Côte de Hollande.

Haut. 56 cent.; larg., 75 cen·

STEVENS (A.)

41 — Tête de femme.

Haut., 54 cent.; larg., 45 cent.

TROYON

42 — Pêcheurs au bord d'une rivière.

Haut., 65 cent.; larg., 75 cent.

TROYON

43 — Etude de vache.

Haut., 46 cent.; larg., 32 cent.

INCONNU

44 — Allégorie.

Le Temps conjure la Mort d'épargner un jeune artiste.

Haut., 25 cent.; larg., 20 cent.

INCONNU

45 — Marine dans le style d'Isabey.

Haut., 27 cent.· larg., 35 cent.

TABLEAUX ANCIENS

CHALLE

46 — Les trois Grâces.

Haut., 53 cent.; larg., 65 cent.

ÉCOLE FLAMANDE

47 — Sujet tiré du Nouveau Testament.

ÉCOLE FRANÇAISE

48 — Déclaration d'amour.

Haut., 65 cent.; larg., 1 m. 12 cent.

ÉCOLE FRANÇAISE

49 — Scène champêtre.

Haut., 75 cent.; larg., 1 m. 12 cent.

ÉCOLE FRANÇAISE

50 — Portrait de madame Dubarry.

Haut., 45 cent.; larg., 37 cent.

ÉCOLE FRANÇAISE

51 — Le Sommeil de l'Amour.

Haut., 42 cent.; larg., 55 cent.

ÉCOLE FRANÇAISE

52   Jeune homme apportant des fleurs à une jeune fille endormie.

Haut., 52 cent.; larg., 90 cent.

ÉCOLE FRANÇAISE

53 — Vénus et Neptune.

Grisaille.

Haut., 67 cent.; larg., 1 m. 00 cent.

ECOLE FRANÇAISE

54 — Diane.

Grisaille.

Haut., 67 cent.; larg., 92 cent.

ÉCOLE FRANÇAISE

55 — Jupiter et Léda.

Grisaille.

Haut., 67 cent.; larg. 92 cent.

ÉCOLE HOLLANDAISE

56 — L'Antiquaire.

Haut., 34 cent.; larg., 25 cent.

ÉCOLE HOLLANDAISE

57   Groupe de cinq personnages appartenant à une compagnie d'arquebusiers.

Sur panneau.

JORDAENS (D'après)

58 — Le Concert après le repas.

LANTARA

59 — Paysage, soleil couchant.

Tableau d'une grande finesse d'exécution.

Haut., 38 cent., larg., 45 cent.

GUIDO RENI

60 — Ecce homo.

Forme ovale

Haut., 65 cent.; larg., 55 cent.

TENIERS (D'après)

61   L'Hiver , représenté par un vieillard se chauffant.

VAN DER MEULEN

62 — Un camp.

Haut., 55 cent.; larg., 70 cent.

————

AQUARELLES & DESSINS

ALAUX

63 -- Le Joueur de guitare.

Sépia.

Haut., 20 cent.; larg., 26 cent.

BAUDRY (PAUL)

64 — Jugement de Pâris.

Dessin pour l'Opéra.

BIDA

65 — Les Bravi.

Dessin

Haut., 23 cent.; larg., 16 cent.

BOULANGER (LOUIS)

66 — Sainte Famille.

Dessin à la plume.

CHARLET

67 -- Les Joueurs de boules.

Composition importante. Sépia.

Haut., 35 cent.; larg., 47 cent.

CHARLET

68 — Marchande de pommes.

Aquarelle.

Haut., 27 cent.; larg., 20 cent.

DAVID (L.)

69 — Tête de femme.

Dessin rehaussé.

Haut., 43 cent.; larg., 39 cent.

DECAMPS

70 — Contrebandiers.

Sépia.

Haut., 25 cent.; larg., 19 cent.

DECAMPS

71 — Etude d'homme tenant des cartes.

Dessin.

Haut., 27 cent.; larg., 20 cent.

DECAMPS

72 — Polyphème.

Dessin.

Haut., 17 cent.; larg., 30 cent.

DELACROIX (EUGÈNE)

73 — Marchands à Tanger.

Aquarelle.

DELACROIX (EUGÈNE)

74 — Seigneur vénitien.

Aquarelle.

DELACROIX (EUGÈNE)

75 — Un Tigre.

Lavis.

Haut., 13 cent.; larg., 20 cent.

DELACROIX (EUGÈNE)

76 — Albanais assis.

Aquarelle.

Haut., 25 cent.; larg., 17 cent.

DELACROIX (Attribué à EUG.)

77 — Un Turc.

Gouache.

Haut., 26 cent.; larg., 21 cent.

DEVERIA

78 — Raphaël et la Fornarina.

Aquarelle.

Haut., 31 cent; larg., 23 cent

DORÉ (GUSTAVE)

79 — Parc d'artilleric. Épisode du siége de Paris.

Aquarelle.

Haut., 71 cent.; larg., 96 cent.

DORÉ (GUSTAVE)

80 — Un Héros.

Aquarelle.

Haut. 47 cent.; larg., 60 cent.

FAUVELET

81 — Sous bois et cours d'eau.

Aquarelle.

FAUVELET

82 — Intérieur d'atelier.

Dessin à la plume.

FRAGONARD

83 — Album contenant 42 aquarelles.

HARPIGNIES

84 — Paysage. Effet du soir.

Aquarelle.

Haut., 24 cent ; larg., 30 cent.

HUET (J. B.)

85 — Les Lavandières.

Sépia.

Haut., 38 cent.; larg., 31 cent.

LEBAS (H.)

86 — Paysage.

Aquarelle

Haut., 26 cent.; larg., 16 cent.

LUMINAIS

87 — Chasseur et chiens au repos dans les montagnes.

Aquarelle.

Haut., 15 cent ; larg., 24 cent.

PANNINI

88 — Vue de l'arc de Vespasien.

Sépia.

Haut., 30 cent.; larg., 22 cent.

TIEPOLO

89 -- Centaures.

Sépia.

Haut., 20 cent.; larg., 27 cent.

TIEPOLO

90 — L'Enlèvement.

Sépia.

Haut., 20 cent.; larg., 16 cent.

VERNET (HORACE)

91 — Général Changarnier.

Dessin.

VEYRASSAT

92 — Garde-chasse assis près de ses chiens.

Aquarelle.

Haut., 19 cent.; larg., 26 cent.

ZAMACOIS

93 — Un Espagnol.

Aquarelle.

ZUCCARELLI

94 — Les Ermites.

Aquarelle.

Haut., 27 cent.; larg., 12 cent.

INCONNU

95 — Cavalier persan.

Aquarelle.

Haut., 30 cent.; larg., 24 cent.

PATEL

96   Quatre gouaches représentant des paysages avec ruines.

Haut., 16 cent.; larg., 22 cent.

DÉSIGNA ON DES OBJETS

DE CURIOSITÉ

SCULPTURES

97 — Terre cuite. — Beau buste de femme, grandeur nature, par Pajou.

98 — Terre cuite. — La Nuit et le Jour; deux belles figures d'après Michel-Ange. Elles proviennent de la vente
Piot.

99 — Terre cuite. — La Source. Jolie figure de femme
nue et couchée s'appuyant sur une urne, par Clodion.

100 — Terre cuite. — Joli bas-relief par Clodion. — Tri-
ton sonnant de la conque. Il est placé entre deux
dauphins, l'un d'eux monté par un amour. Cadre en
bois noir et or.

101 — Marbre blanc. — Très-beau buste, grandeur plus que nature de Mirabeau.

102 — Terre cuite bronzée. — Haut relief. Sainte Famille.

103 — Ivoire. — Christ sur croix en bois noir. Bon travail.

104-105 — Porphyre rouge oriental. — Deux grands mortiers de forme ronde.

106 — Porphyre rouge oriental. — Deux petits mortiers, l'un d'eux avec pilon.

107 — Porphyre rouge oriental. — Bloc de forme irrégulière.

108 — Serpentin d'Égypte. — Mortier de forme surbaissée.

109 — Cornaline blanche et rouge. — Petit groupe de dragons de travail chinois. Sur socle en bois sculpté.

FAIENCES ITALIENNES

110 — Fabrique d'Urbino. — Grande vasque ronde à anses formées de serpents, représentant à l'intérieur le triomphe de Neptune. L'extérieur est décoré de paysages.

111   Même fabrique. — Plat rond à godrons et armoiries en relief, représentant le sujet d'Actéon changé en cerf. Epoque des Patanazzi.

112 — Même fabrique. — Plat creux de forme ovale, décoré au centre de sujets tirés des Métamorphoses d'Ovide et de grotesques au bord.

113 — Même fabrique. — Plat rond décoré de grotesques au bord, et des figures d'un Fleuve et de l'Amour au centre.

114 — Même fabrique. — Plat rond et creux, décoré d'un sujet mythologique. Il porte au revers la date de 1576.

115 — Même fabrique. — Grand vase ovoïde à deux anses serpents, décoré sur une de ses faces d'un groupe de figures représentant la Charité, et sur l'autre l'Afrique.

116 — Même fabrique. — Gourde de forme aplatie, décorée de figures dans des paysages.

117 — Fabrique de Pesaro. — Joli plat rond à décor à reflets métalliques jaunes et bleu nacré. Il offre au centre un buste de femme et au bord des ornements.

118 -- Même fabrique. — Joli plat à décor analogue à celui qui précède. Celui-ci offre une figure de sphinx ailé, des cornes d'abondances et un écusson armorié.

119 — Fabrique de Castel-Durante. — Grand et beau vase de forme cylindrique, décoré de trophées d'armes sur fond bleu et jaune et d'un médaillon représentant la Crèche.

120 — Même fabrique. — Deux grands et beaux vases décorés de figures allégoriques, placées au centre d'une couronne soutenue par deux génies debout. Le fond offre des ornements sur fond varié de nuances.

121 — Même fabrique. — Deux plats ronds décorés au centre de bustes de femme, et au bord de trophées d'armes en camaïeu brun sur fond bleu.

122-131 — Même fabrique. — Trente et un vases de pharmacie, de formes et de décors variés. Ce lot sera divisé.

132 — Fabrique italienne. — Buire décorée de figures dans un paysage.

133 — Fabrique de Castelli. — Deux plaques rectangulaires : l'une décorée de figures et l'autre d'un paysage.

FAIENCES FRANÇAISES

134-137 — Beau surtout de table en ancienne faïence de Moustiers, à décor en camaïeu bleu, d'après Bérain, par Clerissy. Il se compose de trois beaux plateaux ovales, à pieds à moulures et à bords découpés, et de quatre plateaux ronds de forme analogue. Ce lot pourra être divisé.

138 — Deux cache-pots de forme cylindrique à deux anses, en ancienne faïence de Rouen, à décor en camaïeu bleu.

139 — Deux petites jardinières de forme cintrée, en ancienne faïence de Rouen, décor polychrome à la corne.

140 — Plat ovale en faïence de Moustiers, à décor dans le style de Bérain, en camaïeu bleu.

141 — Vase de forme ovoïde, en faïence de Castel-Durante.

142 — Saladier en faïence de Strasbourg, décor polychrome à figures et fleurs.

PORCELAINES

143 — Grand plat rond en porcelaine de Chine à décor en camaïeu bleu.

144 — Plat en vieux Chine décoré de figures de style européen.

145 — Trois compotiers en vieux Chine à décor de style
européen.

146 — Plat en ancienne porcelaine du Japon à décor en
bleu, rouge et or.

147 — Compotier en vieux Chine décoré au centre d'attri-
buts en camaïeu bleu, et au bord de fleurs en émaux de
la famille verte.

148 — Deux plats en vieux Chine, décorés de paysages en
camaïeu bleu.

149 — Plat en poterie de Kanga à figures émaillées en couleurs.

ARMES ORIENTALES

150 — Sabre indien, monture à rondelle en fer entièrement couverte de fleurs et bordure damasquiné or,
fourreau en velours bleu, garni en argent gravé, lame
courbe en damas.

151 — Sabre indien, monture à rondelle en fer, entièrement
couvert d'arabesques damasquinées or ; lame courbe en
damas sur le tranchant et lustrée sur le dos, fourreau
velours avec bout argent.

152 — Sabre persan, poignée en morse, croisette et garnitures du fourreau en damas uni, lame courbe en damas.

153 — Sabre polonais, poignée en corne, dé et croisette en argent doré et ciselé, fourreau chagrin noir avec riches garnitures en argent doré et ciselé, belle lame courbe en damas de Perse.

154 — Khatar indou, monture en fer damasquiné or à ornements différents sur les branches.

155 — Poignard persan, monture composée de deux plaques d'ivoire avec séparation en damas uni, lame droite très-effilée en damas avec bizeau lustré ; fourreau velours rouge avec garnitures en argent doré, ciselé et découpé à jour.

156 — Très-joli poignard persan, poignée formée de deux plaques de morse avec séparation en fer damasquiné or en relief, lame demi-courbe à bizeau lustré avec ornements ciselés en relief sur le talon ; fourreau vert avec bout en argent doré.

157 — Poignard persan, poignée formée de deux plaques de morse, lame droite en damas, fourreau velours rouge avec garnitures en fer doré.

158 — Poignard persan, poignée pleine en morse sculpté, représentant des personnages et des inscriptions, jolie lame courbe à arête en damas. enrichie de damasquinures d'or.

159 Couteau persan, poignée ronde en argent ciselé, lame damas.

160 — Couteau mongol, lame droite, poignée et garniture du fourreau en cuivre doré et ciselé en relief.

161 — Poignard indien, poignée en jade grumeleux à ornements sculptés, lame damas.

162 — Poignard indien, poignée en jade sculpté, très-joli fourreau laqué à fleurs d'or et de couleur, garnitures en fer doré.

163 — Petit bouclier indien en damas, bombe unie à quatre bossettes, bordure entièrement couverte d'ornements damasquinés or.

164 — Petit bouclier persan en peau d'hippopotame, entièrement couvert d'ornements laqués et dorés représentant des femmes, entourés d'arabesques et de médaillons à sujets.

165 — Fusil indien à mèche, monture en bois avec parties laquées.

166 — Sabre à lame courbe en damas et manche en morse garni en fer doré.

ARMES ET FERS

167 — Joli fusil de chasse à pierre, à monture finement in-
crustée de filets d'argent et garnitures en fer incrusté.
Le canon porte la lettre B surmontée d'une couronne
royale, et la crosse le blason de France gravé. Sur la
batterie, on lit : « Brescia. Santo Cameri. » Ce fusil a
appartenu à un prince de la maison de Bourbon.

168 — Deux épées à gardes contournées, à ornements en
relief.

169 — Deux épées dont une claymore.

170 — Deux petites épées d'enfant, en fer damasquiné
d'argent. Epoque Louis XIII.

171 — Dague à manche en jaspe et garde en fer ciselé et
damasquiné d'or.

172 — Couteau de chasse et sa gaîne en peau de requin,
garnis en bronze ciselé et doré, à sujets de chasse en
relief. Epoque Louis XV.

173 — Deux pistolets doubles avec garnitures finement ci-
selées.

174 — Pistolet garni d'ornements en fer ciselé.

175 — Epée Louis XV à garde et poignée en argent ciselé.

176 — Deux javelots de formes variées.

177 — Deux candélabres en fer forgé, à deux lumières.

178   Brûle-parfums en fer à manche formé d'un dragon.

179 — Réchaud en fer forgé avec plateau repercé à jour.

180 — Lampe de suspension en fer, avec deux maillons gothiques en fer doré.

181 — Brûle-parfums en fer sur pied à plateau carré, supporté par quatre consoles.

BRONZES

182 — Pendule Louis XVI, en bronze doré, ornée de deux figures d'enfants et surmontée d'un médaillon représentant Henri IV.

183 — Deux chenets Louis XIII en cuivre poli, à bases triangulaires et vases à côtes. Ils sont montés sur des rinceaux en fer.

184 Très-petite pendule Louis XVI en bronze doré, sur
socle en marbre blanc : le Vigneron.

185 — Deux groupes en bronze : Vénus et l'Amour et Ado-
nis. xviie siècle.

186 Boîte à poids en bronze. xviie siècle.

187 — Deux plats ronds en cuivre jaune, à rosace repous-
sée, xvie siècle.

188 — Deux vases en bronze de travail chinois, à deux anses et ornements en relief.

189 — Brûle-parfums chinois en bronze, sur pied, en
forme de fleurs de lotus.

190 — Seau à anse mobile, en cuivre rouge repoussé.

191 — Chauffe-mains ou lampe marine de forme sphéri-
rique, en cuivre ciselé à ornements et repercé à
jour.

192 — Brûle-parfums rectangulaire en bronze incrusté
d'or. Couvercle en bois sculpté. Travail chinois.

193 — Deux vases en forme de balustre en émail cloisonné
de la Chine, à fleurs et oiseaux sur fond bleu tur-
quoise.

MEUBLES

194 — Grand coffre de forme rectangulaire en bois incrusté d'ivoire ; travail dit *Certosine* ancien. Sur socle de même travail.

195 — Coffre de même travail que celui qui précède. Le socle de celui-ci n'est pas incrusté.

196 — Deux tables à jouer en marqueterie de bois. Elles sont marquetées à l'intérieur.

197 — Lit en bois sculpté à figures et ornements.

198 — Fauteuil en bois sculpté du temps de Louis XIII, couvert en reps.

199 — Petit bureau à dos d'âne, en bois noir incrusté d'ivoire gravé et d'écaille.

200 — Commode Louis XIV, en bois de placage, richement garnie de bronze. Les angles sont ornés de cariatides de femmes.

201 — Meuble en bois sculpté à mufles de lion et larges cartouches, fermant à deux portes et formant bureau.

202 Quatre escabeaux en bois sculpté.

203 Table-bureau en bois de placage.

204 — Pendule et son socle-support en vernis de Martin, décorée de fleurs sur fond vert d'eau et garnie de bronzes. Epoque Louis XV.

205 — Petit coffret du Tonkin en laque, avec garnitures en bronze finement ciselé et doré.

206 — Boîte à gants en laque de Chine, à décor d'or.

207 — Boîte à papier en bois sculpté et laqué à paysages et oiseaux. Travail japonais.

208 — Beau meuble de salon, composé de treize pièces, en en bois doré et couvert en [tapisserie d'Aubusson à fleurs.

209 —' Deux consoles, style Louis XVI, en bois doré.

TAPISSERIES ET ÉTOFFES

210 — Deux jolies tapisseries de Beauvais représentant des paysages, des oiseaux et des monuments.
  Hauteur, 3 m. 05. Largeur, 3 m. 80.
   — 3 m. 05.   1 m. 70.

211 — Quatre rideaux de fenêtres en velours grenat et belles bandes de tapisseries à rinceaux, fleurs et oiseaux.

212 — Quatre portières analogues aux rideaux qui précèdent.

213 — Deux grands lambrequins de même travail que les portières et rideaux qui précèdent.

214-218 — Quatre grandes et belles tapisseries à sujets tirés de l'histoire de Darius et Alexandre, d'après des cartons de Lebrun. Les encadrements sont formés de festons de fleurs, d'animaux dans des paysages et dans le bas du triomphe de Neptune.
Hauteur, 3 m. 35 environ. Largeur, 3 m. 15.
3 m. 20 et 3 m. 92.

219 Tapisserie de Flandres à figures et bordure de fleurs, ornements et figures.

220 — Couvre-lit ou tapis de table en velours rouge de Gênes, à riche dessin.

220-230 — Dix jolis morceaux d'étoffe brodée en soies de couleurs et or, de travail oriental, pour tapis de table, rideaux ou portières. Ce lot sera divisé.